S0-BPR-449
Disney · PIXAR
COCO
ADAPTATION BY R. J. CREGG
TRANSLATION BY ELVIRA ORTIZ
BuzzPop

BuzzPop
An imprint of Bonnier Publishing USA
251 Park Avenue South, New York, NY 10010

Manufactured in China HUH 0518 First Edition
10 9 8 7 6 5 4 3 2
ISBN 978-1-4998-0779-0
buzzpopbooks.com
bonnierpublishingusa.com

Miguel Rivera vivía en Santa Cecilia, un pueblito en México.
Miguel Rivera lived in Santa Cecilia, a small town in Mexico.
Los Rivera pertenecían a una **familia** de zapateros.
The Riveras were a **family** of shoemakers.
Miguel no quería hacer zapatos.
Miguel did not want to make shoes.
Él soñaba con ser **músico**.
He dreamed of becoming a **musician**.

El **tatarabuelo** de Miguel había sido músico.
Miguel's **great-great-grandfather** had been a musician.
Un día, dejó su casa para tocar su música para el mundo, pero nunca regresó.
One day, he left home to share his music with the world and never returned.
Abandonada con su **hija** Coco, su esposa Imelda trató de **olvidarse** de él.
Abandoned with their **daughter** Coco, his wife Imelda tried hard to **forget** him.
Ella hasta le prohibió tocar **música** a toda la familia de Miguel.
She even forbade Miguel's family from playing **music**.

El **Día de los Muertos**, la familia de Miguel ponía fotos de sus ancestros en la ofrenda, un altar especial, para que pudieran venir a **visitar** la Tierra de los Vivos... fotos de todos excepto la del tatarabuelo de Miguel.

On the Día de los Muertos, or the **Day of the Dead**, Miguel's family placed photos of their ancestors on the ofrenda, a special altar, so they could **visit** the Land of the Living—all except Miguel's great-great-grandfather.

Un año, una **foto** de Mamá Imelda con Coco se cayó de la ofrenda y el marco se rompió.
One year, a **photo** of Mamá Imelda and Coco fell off of the ofrenda, and the frame broke.
Miguel levantó la foto y descubrió que su tatarabuelo agarraba una **guitarra**.
Miguel picked up the photo and discovered his great-great-grandfather was holding a **guitar**.
Ésta se veía como la guitarra de un músico famoso, Ernesto de la Cruz.
It looked like the guitar of the famous musician, Ernesto de la Cruz.

¡Miguel pensó que su tatarabuelo podía ser de la Cruz!
Miguel thought that de la Cruz must be his great-great-grandfather!
Miguel se apresuró a ir a la **tumba** de la Cruz.
Miguel rushed to de la Cruz's **tomb**.
"Por favor, no te enojes", Miguel le dijo al retrato.
"Please don't be mad," Miguel said to the portrait.
Luego, como sentía que la música era su destino, Miguel tomó la guitarra de Ernesto de la Cruz.
Then, feeling that music was his destiny, Miguel took de la Cruz's guitar.

Miguel rasgueó la guitarra.
Miguel strummed the guitar.
Un hermoso **acorde** se escuchó en la tumba.
A beautiful **chord** filled the tomb.
Unos pétalos de cempasúchil se arremolinaron alrededor de Miguel como por arte de magia.
Marigold petals swirled around Miguel as if by magic.

Se escucharon voces alrededor de la tumba.
Suddenly voices surrounded the tomb.
Miguel salió corriendo y vio muchos **espíritus**, ¡también sus ancestros!
Miguel ran outside and saw many **spirits**, including his ancestors!
Los muertos de la familia Rivera se dieron cuenta de que Miguel estaba en aprietos.
The Dead Riveras realized Miguel was in trouble.
Lo llevaron a la Tierra de los Muertos para que Mamá Imelda lo ayudara.
They led him to the Land of the Dead to get the help of Mamá Imelda.

Mamá Imelda no podía salir de la Tierra de los Muertos porque su foto no estaba en la ofrenda.
Mamá Imelda was stuck in the Land of the Dead because her photo was not on the ofrenda.
¡Miguel la tenía!
Miguel had it!

Tampoco Miguel podía salir.
Miguel was stuck, too.
Le cayó una maldición por tomar la guitarra.
He was cursed for taking de la Cruz's guitar.
Necesitaba recibir la **bendición** de algún ancestro antes del amanecer o se quedaría para siempre en la Tierra de los Muertos.
He needed to receive an ancestor's **blessing** by sunrise or he'd be stuck in the Land of the Dead forever.

—Miguel, te doy mi bendición —dijo Mamá Imelda, dándole su bendición con un pétalo de cempasúchil—, para ir a casa... para poner mi foto otra vez en la ofrenda... ¡y para nunca volver a tocar música!
"Miguel, I give you my blessing . . ." said Mamá Imelda, offering a blessed marigold petal. ". . . to go home . . . to put my photo back on the ofrenda . . . and to never play music again!"
Miguel rechazó la bendición.
Miguel refused the blessing.
—Si quiero llegar a ser músico —dijo Miguel—, necesito la bendición de un músico.
"If I want to be a musician," he said, "I need a musician's blessing."

Miguel huyó para buscar a su tatarabuelo.
Miguel ran away to find his great-great-grandfather.
Primero encontró a otro músico, Héctor.
First, he found a fellow musician, Héctor.
Héctor tampoco podía salir de la Tierra de los Muertos.
Héctor was stuck in the Land of the Dead, too.
Él estuvo de acuerdo en ayudar a Miguel a buscar a de la Cruz.
He agreed to help Miguel find de la Cruz.
Miguel, a cambio, llevaría la foto de Héctor a la Tierra de los Vivos para que pudiera visitar a su hija.
Miguel, in exchange, would bring Héctor's photo back to the Land of the Living so he could visit his daughter.

Miguel y Héctor hallaron a de la Cruz en su mansión.
Miguel and Héctor found de la Cruz at his mansion.
De la Cruz estaba contento de conocer a su **tataranieto**, pero Miguel pronto descubrió un **secreto** oscuro.
De la Cruz was happy to meet his **great-great-grandson**, but Miguel soon discovered a dark **secret**.
En vida, Héctor y de la Cruz habían sido compañeros pero ¡de la Cruz envenenó a Héctor!
In life, Héctor and de la Cruz had been partners until de la Cruz poisoned Héctor!

—Esas son MIS CANCIONES que te hicieron famoso —dijo Héctor a de la Cruz.
"Those were MY SONGS that made you famous," Héctor said to de la Cruz.

—Tienes que estar dispuesto a hacer lo que sea... para vivir tu momento —respondió de la Cruz.
"You have to be willing to do whatever it takes to . . . seize your moment," said de la Cruz.

Luego, para proteger su secreto, le quitó la foto a Héctor y aventó a los dos **amigos** a un pozo profundo.
Then, to protect his secret, he took Héctor's photo and threw the two **friends** into a deep pit.

En el pozo, Miguel no tenía escape.
In the pit, Miguel had no way to escape.
Héctor perdió la **esperanza** de visitar a su hija.
Gone was Héctor's **hope** of visiting his daughter.

—Yo le escribí una canción, *Recuérdame* —dijo Héctor con tristeza—. Nos gustaba **cantar** esa canción todas las noches. Mi Coco...
"I wrote her a song, 'Remember Me,'" Héctor said sadly. "We used to **sing** it every night. My Coco . . ."

—¿Coco? —preguntó Miguel interrumpiéndolo.
"Coco?" Miguel interrupted.

Miguel le enseñó a Héctor la foto de su **bisabuela**, Coco.
Miguel showed Héctor the photo of his **great-grandmother**, Coco.
—¿Somos... familia? —le preguntó Héctor a Miguel.
"We're . . . family?" Héctor asked Miguel.
¡Era verdad!
It was true!
¡Héctor era el tatarabuelo de Miguel y no de la Cruz!
Héctor was Miguel's great-great-grandfather, not de la Cruz!
Miguel estaba tan contento que dio un **grito**.
Miguel was so happy, he let out a **yell**.

La guía espiritual de Mamá Imelda, Pepita, escuchó el grito de Miguel y fue volando a rescatarlo.

Mamá Imelda's spirit guide, Pepita, heard Miguel's yell, and flew to his rescue.

Ya reunidos, Mamá Imelda se enteró de que Héctor siempre quiso regresar a casa.
Reunited, Mamá Imelda learned that Héctor had always meant to come home.

—Yo no te perdono —ella le dijo—. Sin embargo, yo te ayudaré.
"I can't forgive you," she told him. "But I will help you."

Héctor comenzó a **desaparecer** porque Coco comenzaba a olvidarse de él.
Héctor began to **disappear** because Coco's memory of him was fading.

En seguida Mamá Imelda y Héctor enviaron a Miguel de regreso a la Tierra de los Vivos con sus bendiciones.
Quickly, Mamá Imelda and Héctor sent Miguel back to the Land of the Living with their blessing.

Poco después, Miguel ya estaba de regreso en la tumba.
A moment later, Miguel was back in the tomb.
Tomó la guitarra de Ernesto de la Cruz y corrió a casa en busca de Mamá Coco.
He picked up de la Cruz's guitar and ran home to Mamá Coco.
Empezó a cantar *Recuérdame*.
He started to sing "Remember Me."

Los **ojos** de Mamá Coco se iluminaron y empezó a cantar con él.
Mamá Coco's **eyes** lit up and she began to sing along.
Se empezó a acordar de su papá, Héctor.
Then she began to remember her papá, Héctor.

Mamá Coco le dijo a Miguel que quería mucho a su papá.
Mamá Coco told Miguel how much she loved her father.
Abrió un cajón y sacó el pedazo de foto que le faltaba a la foto.
She opened her drawer and pulled out the missing piece of the photo.

Por fin, la música llenaba el **hogar** de la familia Rivera y la foto de Héctor estaba en la ofrenda, justo donde merecía estar.
Finally, music flowed through the Rivera **home**, and Héctor's photo was on the ofrenda, right where it belonged.

Desde entonces, Miguel y su familia tocaron música.
From then on, Miguel and his family made music.
El Día de los Muertos, la **celebración** incluyó a toda la familia Rivera, tanto a los vivos como a los muertos.
On the Day of the Dead, the **celebration** included all the Riveras, both living and dead.